一 瓣
微 笑

赵晓芳 著

中国海洋大学出版社
·青岛·

图书在版编目（CIP）数据

一瓣微笑／赵晓芳著 . —青岛：中国海洋大学出版社，2021.12

ISBN 978-7-5670-3066-4

Ⅰ. ①一… Ⅱ. ①赵… Ⅲ. ①诗集－中国－当代 Ⅳ. ① I227

中国版本图书馆 CIP 数据核字（2021）第 265577 号

出版发行	中国海洋大学出版社			
社　　址	青岛市香港东路 23 号		邮政编码	266071
出 版 人	杨立敏			
网　　址	http://pub. ouc. edu. cn			
电子信箱	1193406329@qq. com			
订购电话	0532-82032573（传真）			
责任编辑	孙宇菲		电　　话	0532-85902349
印　　制	青岛国彩印刷股份有限公司			
版　　次	2021 年 12 月第 1 版			
印　　次	2021 年 12 月第 1 次印刷			
成品尺寸	130 mm × 203 mm			
印　　张	7.125			
字　　数	150 千			
印　　数	1～1000			
定　　价	46.00 元			

发现印装质量问题，请致电 0532-58700166，由印刷厂负责调换。

序　言

　　今年是青岛建置一百三十年,大约是五月份的时候,我主持的公众号"岛上诗人"想办个系列,就青岛这个城市写一点诗。在此契机下,我收到了赵晓芳写的同题诗《印象青岛》:

　　鸽哨响亮着
　　划过信号山的青绿
　　片片红瓦
　　把沉静柔媚的眼神
　　投向熹蓝的天

　　白帆在蓝色的前海面上
　　驶得很远
　　深海处的鱼儿
　　是否看到了百年前
　　落在海底的沉戟

　　老街区的石阶

湿漉漉的
人们站在早餐摊前
盯着热腾腾的油条豆浆包子小米粥

啤酒在瓶中罐中碗中塑料袋中
折射出不同的意象
老照片沉默着
有人从炮台山下走过

　　该诗侧重感觉的传达，打乱时间和空间，历史与现实交叠呈现，像一幅现代派画作，凌乱中将一个城市的意象映现出来，在此类同题诗歌中属于比较特别的一首。

　　过了不久，赵晓芳将她的诗集《一瓣微笑》初稿给我看，由此，我读到了更多她的诗。原来，那首关于青岛的同题诗不是她诗歌的风格，而是对"命题作文"的俯就。她的诗更多展现的是一种清、浅、轻盈，心态宁静而美丽，一切都是微微的，即便是忧伤和泪光。诗都不长，轻轻一吹就能飞起来的样子，比如这首《午后的花儿》：

鹅黄色的小花朵
微微颤动
是风拂动了它
还是阳光耀动了它
也许都不是
只是鸟鸣　惊动了它

是的，简单，是够简单，不简单之处在于它意味的隽永。阅读者会禁不住在内心发出赞叹——好美！它不仅赋予你阅读某些唐诗宋词曾有过的感受，在工业革命的背景下，在水泥、噪音、雾霾的笼罩下，在新冠疫情的侵扰中，这首诗还给了人更多的阅读体验。关联的意象花朵、风、阳光、鸟鸣，给阴郁带来一丝光亮。写到这里的时候偶然看了一眼窗外，一群鸟从延吉路的一丛高楼间飞过，暗合了这首诗的寓意——少了空气、蓝天、树木，依然要学会飞。这本诗集中如此唯美的小诗还有《月白色》《春》《船》《不好看的叶子》《八月傍晚的小意象》《有一个梦》《雾中的太阳》等多首。人类社会发展至今，如何与世界相处，这些诗或许会带来某种启发，如同这本诗集名字所表达的，一瓣微笑。微笑，而且，将"个"换成"瓣"，换一个量词去生活。

这本诗集中还有一类诗歌比较多，是关于音乐的。这些诗来自作者在青岛大剧院等处听音乐所触发的灵感。用文字表现音乐，是有风险的，因为前人已有成功的实践。"大弦嘈嘈如急雨，小弦切切如私语。嘈嘈切切错杂弹，大珠小珠落玉盘"，白居易的《琵琶行》朗朗上口，但从写作的角度说，更多体现的是一种纪实性，是感官体验，是听觉体验的表面传达，所用比喻亦简单。相比之下，作者的这类诗则更抽象，让音乐带着意识飞升，直到辽远广阔的空间。由意识到无意识，由实到虚，看得到作者将自己化在其中的过程。她在一首写钢琴家和歌者的诗《今夜的月光》中写道：八十四岁的老人／滑动出透明的钢琴音符／在空中盘旋 飞翔／直到落在／我的有些颤抖的手上／而二十岁的少女／吟唱出的天籁般的歌声／多像一匹华美 闪亮的锦缎／轻轻地 轻轻地／披在我的身上。这首诗中有两处给阅读者带来突出的陌生感。一处是音符落在手上,仿佛是自己的手在弹奏,而音符有了生命。"颤抖"是音符带来的灵魂的震颤,与演奏者共鸣之深传达充分。另一处是少女的演唱像锦缎这个比喻,演唱的纯净、柔美,声音的重量、速度及作者被此声音覆盖的安全感,都高质量地表现出来。

　　诗集中还有一类诗占比比较大,即写母亲的诗歌。这种亲情诗歌的难度在于不能太"艺术",一"艺术"就假了,自然到无艺术的雕琢感而又确实是艺术,这很不容易。比如下面这首《母亲啊》,从母亲生前相关联的生活中选取意象,表达对母亲的怀念,真切感人。第一节中的"胆怯"是触动人心的地方,写出了母亲一生小心翼翼生活的状态。第二节的"七七菜",是小时候母亲为作者念的歌谣,一看到七七菜就想到母亲,连七七菜的花也是潸然开放的。思念母亲、心疼母亲的情感就这样自然地流露出来,不夸张,不渲染,不因文艺腔而使阅读者感到不舒服。

　　母亲啊,你变成红红的
　　剪纸蝴蝶了吗
　　躲藏到那小小的画册里
　　在夜的黑暗里,胆怯地
　　扇动翅膀

母亲啊,你变成春天的

七七菜了吗

绿茸茸的叶片上

伸出你柔软的锯齿

刺向我

这时候,我看到淡紫色的绣线般的花朵

潸然开放

每一本诗集中都会有一些作者不太满意的诗,甚至一本诗集找不到几首好诗的也有。《一瓣微笑》中也有一些不成熟的诗歌,从诗的角度说可能不理想,但从记录作者生活的角度看不可或缺,所以不必求全责备。非要从诗的角度来要求的话,我想可以说两点:一是慎防记叙的介入,把诗歌搞得完全清晰、准确、实在可靠,无弦外之音,无言外之意,没有张力,不是诗。二是新、异。每一个写诗的人都应当注意表达的创造性。自己写出来的东西不一定是原创,因为太多东西是熟悉的,被别人用过的。很多诗作者都知道诗要有陌生感,要剑走偏锋,但了解是一回事,实践是另一回事,在写作过程中未必做得好。法国有个象征主义诗人叫瓦莱利,他有一段话可以帮助我们更清晰地认识这个问题,他说:"语言是一种普通的、实用的东西,因此它必然是一种粗糙的工具;每个人使用它,用它来适应自己的需要,倾向于按照自己的个性损坏它的形状。"(瓦莱利《纯诗》)。写诗的人(包括本人),应当在损坏语言已有的形状上下功夫。

　　显然,晓芳在语言的运用方面有自己的思考,有坚守的一方面,也有努力开创的一方面。

　　愿晓芳的诗歌为诗坛注入清新的风,给广大读者带来审美的趣味。

　　　　　　　　　　　　　　　　　　邵竹君
　　　　　　　　　　　　　　　辛丑年秋月于青岛

目　录

溪流青篇（1992—1994）

3　一瓣微笑

4　写在叶子上的小诗

7　雪的泪

8　天上的雪

9　风

10　黎　明

11　星　星

13　有一个梦

14　你

15　你是谁

16　雾中的太阳

17　微　笑

18　若　是

19　无　言

20　致泰戈尔

21　年轻的黄昏

22　花儿与雨丝

23　如　果

24　飞去的蝴蝶

25　花　蕾

26　小叶子

27　小蓝星

28　冬天的雨

29　春天多风

30　问　候

31　友　谊

32　露珠的咏唱

33　雪　花

34　希　冀

36　等　待

37　飘

38　对　话

云流彩篇（2014—2021）

41　音乐梦想家

42　露珠的眼睛

43　新年的晨光

44　"就让你自由"

46　静寂的

47　今夜的月光

48　哒哒哒的传奇

49　月亮已经西沉了

50 天上的星辰

51 牧羊人的笑容

52 贝多芬《D大调小提琴协奏曲》意象

53 春

54 你的微笑

55 白鸽幻想

56 快乐和悲伤

57 天亮了

58 红岛路

59 校园的早晨

60 唤醒我的不是信号山

61 十一月的小雏菊

62 梧桐叶上的小蘑菇

63 大学路的叶子

64 夜晚烤面包的香气

65 麻雀的欢唱

66 闪着光的路

67 蒲公英皇后

68 思

69 不必再想念她

70 楸树的梦

71 奶奶的帽子

72 紫丁香

73 海棠花

74 父亲赏樱

75 风中的粉白双樱

76 新　叶

77 粉红色的花毯

78 布谷鸟的歌声

79 雾中的浮山

80 楸树的花

81 槐花落

82 蔷薇和月季

83 西镇的海

84 雨后的小蘑菇

85 八月傍晚的小意象

87 早晨的透过树的光

88 奔跑的小 Kitty

89 老爸的"小耳朵"

90 月亮升起来了

91 伸向天空的树枝

92 麦冬草

93 午后的花儿

94 读爱丽诺·法香的童话《格丽赛达》

95 早上的鸽子

96 雪花见

97 藕荷色

98 月白色

99 梦中的小巷尽头

100　冬日中午的小湖

101　石榴红

102　元月的正午阳光

103　洋桔梗

104　水　井

105　花与影

106　落雪的小湖

108　冬日的水草

109　演出之后的夜

112　阳光照进树林

113　冬日窗外景色

114　花　锦

115　不是风在晃动你

116　启　程

117　老楸树

118　向晚的小叶子

119　风和月光

120　树叶的歌唱

121　青色的等待

122　绣球花　海水

123　姐姐的红果子

124　秋晨的叶子

125　一团扇子

126　冬夜走在街上的女孩

127　海鸥　雪花

128　白棉花

129　枕

130　茼

131　远　方

132　母亲啊

133　秋　小湖

134　母亲的沉默

135　紫檗上的雨珠

136　雨中香气

137　灰色的鸟

138　给父亲的诗

139　父亲离开后的花见

141　春天的那一头

142　给

144　看不到云

146　搪瓷面盆的花朵

147　捡

148　采　撷

149　一缕月光

150　模　仿

151　报　箱

152　雨中的校园

153　无言的云

154　船

155　幻

156　地上的黄色波点蝴蝶

157　距　离

158　下雨天的非洲茉莉

160　秋日早晨之小湖

161　阳光摇

162　玉　米

164　蒲公英梦幻

165　月　夜

166　关于喜鹊

168　雨中淡黄色的花

169　玛瑙手镯

170　秋日短歌行

172　木　头

174　玫　瑰

175　晨

176　小池塘

177　校园桂花

178　冬天里的诗歌

179　一朵花

花流影篇（1992—1994）

183　妈妈的歌

184　姐姐花

186　不好看的叶子

187　花儿的闺房

188　月亮花

189　灯

190　风雨送友人

192　小溪，缓缓从心中流过

194　雪　晨

196　给豆豆（一）

198　给豆豆（二）

199　给豆豆（三）

201　给豆豆（四）

203　给豆豆（五）

205　叶子的故事

206　朋友，你可晓得

207　**后　记**

溪流青篇

（1992—1994）

一瓣微笑

在路边
我拾起了一瓣微笑

"谁的？谁的？"
我问询匆匆的人流
人流匆匆

"谁的？谁的？"
我探视脚下潺潺的溪水
溪水潺潺

"谁的？谁的？"
我眺望那片飒飒的枫林
枫林飒飒

有一个声音
却瞬间响起
"是你的！是你的！"

写在叶子上的小诗

一

母亲啊
万物都言女儿是温柔的
却不知那是你的爱
在孩儿身上的生现

二

心，我的心啊
我没有什么来守候你，安慰你
所以我就静默着了
像雪后的原野
像夜的天空
静默着了

三

午后的秋歌怅望我了
趁我蒙眬的时候
我只好醒来
又坐起
怅望秋歌

四

窗外是秋天的午后
风送来了秋的叹息
我却闭上眼睛
我去了
去了遥远的梦乡

五

绵密的春雨呵
你且一驻
我的心房
已承受不了这温存的哀伤

六

心动情地敲击着幻梦的雾
我的心哦
被雾滋润，又开始　轻泣
泛起清清的深深的哀伤

七

似乎，正有泪
寒凝于我的眼底
金色的夕阳光
斜抚在我的前方

八

今天的绝望来了
又走了
飞向明天
化为了希望

九

飞叶：
我自由了
却是忧郁之自由
因为我离开了
永远离开了
母亲

雪的泪

洁白的雪　纷纷
晶莹了我的心

"我要采一朵！"
我歪头，微笑

可是，一转眼
它已飞上我眉梢
霎时
眼眶润湿
润湿一片

天上的雪

天上的雪
飘落了
飘落了
飘落下了
我们过往的季节

待阳光来
它们化为缕缕的泪痕时
那可否
是那些过往的季节
在默泣

风

莫要怪我在你眼前不能停留
因为我想成为一缕风
自由的、透明的风
悄然的、恬润的风

莫要怪我离你太远
因为我想完整地知道
一缕风是怎样启程
又是怎样　轻轻
靠近你的心灵

黎　明

黎明的薄纱
　　　蒙至我双眸
可是
　　　我已窥到了那太阳的薄光

星　星

一颗星星
降落在草丛间

我低头寻觅
草丛涨高

我低头寻觅
草丛四蔓

我低头寻觅
草丛淹没了我

——还要寻觅吗
——是的,还要
——你找不到
——不,能找到

我低头寻觅
草丛隐去

——我已等了你很久很久

（一颗星星深情的声音）

有一个梦

那是个梦吗
有一天
我问你

你的眉峰皱起

天上流云来了
地上卷风起了

我低首
　掩面
　　哀泣

你竟不能回答我

你

好吧，我采一缕　白云
别于你的胸前
然后　摘一朵　雪花
融入你唇间

把你的微笑
留在我的心里
请转身吧

你是谁

不要走,不要
还有你的背影
遗留在了我心间
你要拿走吗
可是
怎样地拿呵

你要我邮寄
可是
你的名字呢

你到底是谁

雾中的太阳

这生长着的、寂静的敞亮
这朦胧的梦想

微　笑

告诉我,朋友
你看见过有一种花
会绽放洁白的微笑么

若　是

若是你微笑一次
大地会开出一朵鲜花

若是你微笑一生
大地会生出一座大花园

无　言

我心忧地凝注
那蓝纱一样明澈的天空
触到了　蓝纱后阴郁的眼睛

——天使和歌声，是你永恒的心曲么
一个声音响起

我低头　不语

致泰戈尔

从你慈爱、清和的目光中
从你洁白洁白的胡须中
跳出一瓣小白花
落在我手中
于是，我的欢乐化为白云
飞上天空

年轻的黄昏

西天的红裙远了
风的歌深了
我却忽然生了泪
——不是想哭，不是的
我原想微笑一下的
向眼前的黄昏

花儿与雨丝

黑暗中,花儿寻着雨丝
而雨丝也觅着花儿

——啊,雨丝在哪儿呀
花儿仰着头
——我一直在走着,在走着
雨丝低低地哀息

雨丝终于触着了花儿,而花儿
不知为什么,竟倏然缩回了身子

雨丝飘走了,花儿垂下了头
花儿的脸上挂满了泪珠

如　果

如果你有一个叹息
可不可以送给我
我会把它变成一片云
飘向你身前

如果你有一个微笑
可不可以送给我
我会把它化为一彩虹
飞泊于天边

如果你有一个秘密
却不必告诉我
我会悄悄地、悄悄地转身
留它给月的裙、星的衫

飞去的蝴蝶

那只蝴蝶飞走了
飞走了
从前
蝴蝶是那么喜欢
翩跹在他的微笑旁

他在树下做梦
见到一片黄色的叶子
留恋于他的怀里
黄色的叶子上
闪着　一只蝴蝶的
泪光

花　蕾

地上
栖落着一个花蕾
一个　被人冷弃的花蕾

女孩轻轻弯下腰
捧起　在手心
花蕾竟慢慢开放了
开放了整整的一个
春天

小叶子

在那个冬天
我看见　一片
生在雪花上的
嫩绿的
小叶子

雪花载它
　飘　　落
　飘　　落

小蓝星

我漫步田野
嫩绿的雾气
缥缈至眼前

雾里有一蓝星
小小的
闪烁了我的双眸

哦　是一朵　小小的蓝花
小小的
小小的
却扇动起了我的记忆

还记得　从前
这蓝花伴了我好长好长时间
怯弱清深的声息
并没有
　　　唤醒
伊人

冬天的雨

心中飘起冬天的雨了
飘起冬天的雨了，心中
春天的云衫早已飞得很远么
早已飞得很远么，春天的云衫

走过一道寂寞的门槛
却听到一声温情的低唤
——进来呵，等待
春天，也许就在明天，明天
明天

春天多风

春天多风
风来的时候
我总是想
你是不是也要来

春天多风
风来的时候
我看见你的身影
飞过天空

问　候

我问你
喜欢春天的故事么

你的微笑漾满脸庞
你的低低的声息
和着细雨的吟唱

你向前走
我凝望

你向前走
我凝望

蓦地
在你的前方
出现了一抹
桃花的霞光

友　谊

送你一艘小船
它会把你的忧愁载向远方

送你一片枫叶
它会把你的微笑珍藏

送你一颗露珠
它会用透明的心儿歌唱

送你一缕清风
它会带我们飞翔　飞翔

露珠的咏唱

你冷冷地
　　冷冷地
转过了身
只有一颗露珠
瞥到了你眼中
那一瞬的泪光

这颗露珠呀，便开始了
怜痛地咏唱：
"善良的人呵，我不愿你离去
无论世界对你如何不公
你也不要背弃它
你可知道　背弃了它
希望也要永远地消亡！"

雪　花

那个夜
悄悄地　悄悄地
你把一枚雪花
放到我手掌里
雪花触到了我的温热
轻然　逝去

我却惊异地看到
它到我的心里来了
不信你看
我的心里一片洁白　明亮
而眼前的夜
轻轻地　轻轻地
消隐　不见

希　冀

我似乎在希冀着什么
是的　在希冀
在暗夜里
在那弯凄月下
在一个北风的日子
在一个没有人知道的角落
我似乎在希冀着什么
我不想有太多的美丽
　　　　　太多的花冠

我只希求
　　　这样一种宁静
这样一种　站在
　　　雪山旁
　　　草丛中
　　　森林前
　　　湖泊边
静静微笑
而又　默默跋涉的宁静

这样一种
单纯如皎月的宁静

等　待

花儿红裙的背后
有一双怯懦的
　　　眼睛
当太阳升起来时
它开始了等待
　　　殷殷的
　　　挚挚的
等　待

飘

黄叶飘的时候
他在树的那一边
她在树的这一边

过树下
她的裙飘　飘
他静默的叹息呵
无声地升起

远去了
裙上
飘留了他的
目光

对 话

——如果天上开了一朵花儿,你会不会告诉我?

——不会,绝对不会。

——若是花儿落了,落到地上来呢?

——我会告诉你。因为花儿把爱给了大地,这才是它最美的时刻。

云流彩篇

（2014—2021）

音乐梦想家

当那袅袅音色升起
似梦似醒的我
感受到了海面上浮动的月光
渺渺茫茫
幻化的白银般
氤氲在水面上

今夜　还看到一位白发老者
他手持长笛　凝重　轩昂
奏出了天籁般的乐音
笛音中的清越　深情
就像天空中真挚的恒星
那样闪亮　坚定
又像雪山上的白莲
冷寒中美丽　无畏

他是那位音乐梦想家
今夜　他用笛音
筑了一栋　晶莹的
音乐大厦

露珠的眼睛

最柔缓的风
送来　你的微笑
闪烁在草丛中
装饰着露珠的眼睛
散发出薄荷般的光泽

这是幻梦　还是现实

轻些
再轻些
像丝绒般的
自远而近的气息

是亲爱的你

新年的晨光

像圆圆的银珠
飞在空气中
镶上了金奢的花边
变成了闪闪的小精灵

如果你愿意
用双手捧着它吧
或者　在心灵里给它盖一所剔透的房子
它会在里面栖息

这是莫扎特的降 E 大调第九号钢琴协奏曲
曼舞在 2015 年的第二个早晨

"就让你自由"

——观舞台剧《身份之谜》

你婀娜地走出
就像一滴　灵动的水珠
你站着　或坐着
又像魅惑的谜

切切的手风琴
宽柔的钢琴　绮丽的小提琴
叹息般厚重的低音提琴
为你织成一件　立体的披风

你不再是谁的　牵线木偶
你扯下那层干软的躯壳
舞动　飞扬淋漓地舞动
就像进入了自己茂盛的生命

舞动　舞动
——我要全部的自由
而这个伟岸的世界

也终于垂下沉沉眼睫
——就让你自由

静寂的

她静静地盯着台上的小提琴手
那是交响乐团的首席
她只盯着他

小提琴手在乐曲间隙望望她
她的眼睛却是虚空　虚空
甚至没有一个倒影

她只是在优美温柔的乐曲里
给目光寻一个栖居地

她的魂魄
早在乐曲的浮动里
拥抱了母亲那不舍的笑影

今夜的月光

——钢琴家和歌者

自天而降的
月光般的声音
给我黑暗的心房带来亮光

八十四岁的老人
滑动出透明的钢琴音符
在空中盘旋　飞翔
直到落在
我的有些颤抖的手上

而二十岁的少女
吟唱出的天籁般的歌声
多像一匹华美　闪亮的锦缎
轻轻地　轻轻地
披在我的身上

哒哒哒的传奇

——观《大河之舞 2》

舞者的笑容
像花瓣上溅上的雨珠
透亮　莹润
又像晨晓的金色阳光
灿烂　奔放

哒哒　哒哒　哒哒
足尖的急骤声在敲响一个传奇
它来自远方
来自河流和山坳深处
来自竖琴优美的外形
更来自无穷无尽火焰般的梦幻里

月亮已经西沉了

月亮已经西沉了
进入梦乡吧
宝贝

夜晚的雾霭
已在田野升起

深蓝色的夜幕
变得静寂

星星长出
香色的羽翼

天上的星辰

是疾驰的风
是飞奔的马儿
是徐徐展开的绿意
是美妙欢笑的溪流
是羊儿温顺明澈的眼神

倏然,天空闪过一道光
——归去吧,去到那召唤美的梦乡
那是家
妈妈温存的笑容
依旧在闪耀
或者　那是爱情
是爱人最初双眸里的光亮

它们是天上的星辰
映照我的心房

牧羊人的笑容

只有流逝着的
才是快乐的
阿尔卑斯山的风
漫游到了音乐会的舞台上
牧羊的人儿出现
他的笑容
闪烁在了
小雏菊淡紫色花瓣上

贝多芬《D大调小提琴协奏曲》意象

你是腾空的蛇,穿梭在
碧山之间
你是华丽的孔雀
在雪山之巅
开启七彩的羽翎,雪
纷纷坠落,沁凉雾霭
袅袅茫茫,无涯无边

你是梦境
你是温柔的喜悦

春

空气里飞着喜悦的小精灵
透明的羽翼
弯弯的眼眸
轻盈的呼吸

它碰触到了每一个人
也许是你的发梢
也许是你的笑纹
也许是你的睫毛
甚至　是你的叹息

你的微笑

你的微笑散落在草地上
我到草地上细细寻找

你的微笑飘洒向空中
我仰头跟随着奔跑

你的微笑潜入大海
我坐在海滩上等候　祈祷

你的微笑终于跳入一朵花中
我捧着花　藏入怀抱

白鸽幻想

一群白鸽
在闪着光泽的树叶上面
在澄澈的淡蓝色天穹下面
在刚刚苏醒的楼房上面
在鲜妍的橙色太阳下面
盘旋　飞翔
盘旋　飞翔
沿着时间宫殿
飞到了遥远的穆尼尔*油画里面

---

* 穆尼尔：即埃米尔·穆尼尔(1840—1895)，法国学院派古典主义油
画家。

快乐和悲伤

快乐是红红的玫瑰
悲伤是淡紫色的小雏菊

快乐是天上恬静的星星
悲伤是河水里飘动的倒影

快乐是小狗骄傲的汪汪声
悲伤是猫咪沉思中的不语

快乐是你眼睛里跳出的笑意
悲伤是我藏在心头的秘密

天亮了

天亮了,天亮了
铁匠起来打铁
当当,当当

天亮了,天亮了
木匠起来割木
沙沙,沙沙

这是谁念过的歌谣
这是谁　笑意盈盈
在黎明的清凉中
将睡梦中的孩子轻轻唤醒

红岛路 *

槐花的香气
洒满窄窄的红岛路
终于　这条有点拘谨的小路
绽出五月的蜜甜笑容

---

* 红岛路：在中国海洋大学鱼山校区一带。

校园的早晨

蓝色的婆婆纳花儿
像小星星一样散在草地上
黄色的蒲公英花儿
在这个早晨，呼唤来了小蜜蜂

小蜜蜂贴在蒲公英脸上
和它说着甜言蜜语
旁边的青草只管和风儿点头
和露珠握手

阳光阔气地洒在大地上
它用金色的笔翼
为这些小生灵们书写喜悦的谜底

唤醒我的不是信号山 *

唤醒我的不是天上的云朵
而是山林里婉转的鸟鸣

唤醒我的不是游动的船
而是海港里送来低沉的汽笛

唤醒我的不是红红的旖旎瓦顶
而是楼下传来街口的喧笑

唤醒我的也并不是信号山
而是它瞩望我　我瞩望它
在天空中搭起的一座透明桥梁

---

* 信号山：位于青岛市市南区，它背倚青岛市区，前临大海，登山可远
眺栈桥，是观赏前海景区和市区风貌的最佳观景点之一。

十一月的小雏菊

十一月的第一天
小雏菊在风中摇曳
它淡紫色的裙裾
和春天的时候没有什么两样
但它的心
已经历了春的柔暖、夏的火热、秋的冷瑟
如今，冬天就要宣告到来
小雏菊会在冰雪中埋藏

路过的人向它投去同情的一瞥
却发现小雏菊很快活
轻松地抖动着裙裾，光彩闪烁
似乎在说
"每一瞬间都是我全部的生命
将来藏在雪底
我会在雪的梦里唱歌"

梧桐叶上的小蘑菇

一堆俊俏的小蘑菇
棕色的伞面
乳白色细长的茎
挤在一张秋天的梧桐叶上
旁边守着的小男孩
抬起一双长长睫毛护着的大眼睛

那闪着波光的眼神
多像小蘑菇棕色的伞面

大学路[*]的叶子

就像绿色的翡翠
圆圆的
一片，一片，又一片
镶在枝头上
镶在阳光的金色沙粒里
在绛红色围墙的上方
张望着大学路的
来来往往　衣袂轻扬

---

* 大学路：是青岛具有代表性的历史文化街区。

夜晚烤面包的香气

风在外面疯狂肆虐
高高低低的刺耳声音
欲把窗户撕破
我却悠然自若

这缘于烤面包的香气
在这亲近　绵甜的香气里
浮动着母亲娴静的笑靥

这个笑靥　给我
惶然不安的心　披上了
温柔的保护羽衣

麻雀的欢唱

午后温润的阳光里
麻雀在榆钱树上鸣唱
它的声音如此剔透　婉转

它的欢唱也许为了自己
也许　为了刚刚萌生的
榆钱花嫩绿的　期望

闪着光的路

那条沙粒色的路
春天飘过槐花的香气
夏天盈满知了的歌曲
秋天掠过落叶的叹息
冬天晃起树枝的孤寂

头发花白的你
坐在树旁的石头上
向远方遥望　遥望

过路的人问你
你不愿多语
有点羞涩的笑纹里
透出长久的一个盼冀

蒲公英皇后

楼前的草地上
散落着一些蒲公英
它们黄灿灿的身影
像是莹莹草地的眼睛
午后的阳光温热地散下
它们身上　披上了一层透明的金缕衣
就在这时
我看到一朵又大又美的蒲公英
如此灿烂、丰盈
如此自信、欢欣
也许，它是蒲公英的皇后
我暗暗惊呼
恭敬地靠近它耀目的辉煌

到了晚上
我脑子里又跳出这片草地　这朵蒲公英
它的光芒犹如一个梦境
我忽然意识到
是母亲　委托这朵蒲公英
悄悄给我送来光华生命的颂曲

思

你的笑容隐在白鸽里
白鸽是白的花
白的花上缀着泪

不必再想念她

不必再想念她
她的音笑
已洒落在花间、风里、雨雾中
随着时间之轴
日夜旋转　旋转
成为细小的永恒

楸树的梦

我看见楸树上长满了花蕾
花枝随风自由摆动
花蕾们就像一个个五线谱音符
无拘无束

花蕾紧贴枝头
又像抱住枝头的小娃娃
荡秋千,轻轻笑
我仰头看得入了迷
这棵高大的楸树的花蕾
为什么今天离我这么近
而且,粉依依

醒来了,醒来了
是清晨的一个梦

奶奶的帽子

是不是
戴上奶奶的那顶黑帽子
就会变成奶奶

于是
我戴上了奶奶那顶
镶着绿宝石的黑天鹅绒帽子
双手背在后面
贴墙站在街上

空荡荡的帽子
差点滑下遮住眼睛
我挪挪它
喜滋滋地体验空阔的感受

有人经过了
她惊奇地看着我
没有赞美我
却笑话了我

紫丁香

当我站在丁香树下
淡紫色花儿的浓郁香气
像缥缈的仙雾将我笼罩

我抬头看它
有点好奇,有点迷惑
小小的花儿拥在一起
一团团,一枝枝
它们活泼,略带神秘

哦,它们并不忧郁
它们是骄傲的香气仙子

海棠花

它的花蕾那么诱人
像小女孩清脆的笑声
鲜丽　清透

待徐徐盛放
却见雪白的肌肤上
敷了嫩粉的胭脂

哦,原来这是爽朗女孩
飞出的一抹娇羞

父亲赏樱

父亲站在树下
他的头发
和樱花一样雪白

风中的粉白双樱

樱花少女站在这里
她的裙摆　窸窸窣窣
粉白粉白的晶莹裙翼上
隐现着　些许玫红色的
心事

新　叶

就像亮晶晶的绿色雨滴
又像娇滴滴的翡翠耳坠
在风中轻轻荡悠
　　叮咚　叮咚　叮咚

粉红色的花毯

你不能踏上那粉红的花毯
那是小小花朵们粉色的心田
它们的根系在地下秘密地牵连
齐心织出这散发着馨香的新鲜地毯

它们欢迎蜜蜂来停歇
它们盼望鸟儿在它们头顶盘旋
它们也喜欢
你我用敬慕的眼神
轻轻将它们留恋

布谷鸟的歌声

布谷鸟的歌声
掺着水粼粼的气息
就像水面上的波纹
一圈一圈荡漾开来
阳光照在上面　水面闪烁
波纹跳跃

雾中的浮山 *

像是一个害羞的姑娘
躲在迷蒙的雾的后面
垂着眼帘　莞尔不言

* 浮山：位于青岛市区，"山虽不甚高，却常有云雾"。

楸树的花

楸树的花，像个小小的喇叭
传播出来微甜的香气
这香气，就是它想说的话

楸树的花，在五月的时候
看见那个爱画小兔子的人
去了看不见的远方

楸树的花，有一天
梦见一只兔子
在嗅一朵落下的花

槐花落

无数朵雪白的槐花儿
一半在地上
一半在树上

地上的花瓣
呼出更加馨香的气息
和树上花朵的甜蜜
在空中相遇

站在雪白地上的人们
在两重槐花交织的香甜里
长出　羽翼

蔷薇和月季

早上的红蔷薇是刚睡醒的少女
脸上浮着蒙眬又喜悦的笑意

中午的红月季被太阳晒热了脸眸
只管嘻哈哈地摆动裙裾

而到了晚上,蔷薇和月季坠入梦里
只有它们的香气
在夜色里亲密地拉手　私语

西镇*的海

西镇的海如此宁静
她没有忧愁
她只陶醉于自己蓝色的绸衣
被风吹起层层褶皱

---

* 西镇:青岛市南区栈桥以西,属于老西镇的地理范畴。

雨后的小蘑菇

一

雨后的早晨
绿草地上生出脆生生的小蘑菇
它们鲜嫩又温良的面容
闪烁出沉静的光泽
如果你俯身
能嗅到它们身上怡怡清清的气息
哦，那其实是小蘑菇
在欢喜地和你打招呼

二

爱捉迷藏的小蘑菇
在雨后
才会在草地上旋起舞裙

八月傍晚的小意象

淡墨色的天空
悠悠过来
路边的货车厢里装满红红的玫瑰
在等待明天幸福怀抱

狗儿被拴在一个角落里
它焦糖色的看不到眼睛的毛发里
伸出呼呼呼的舌头

磨剪子戗菜刀的老人
坐在长条凳上
弯腰在灰色磨石上来来回回磨菜刀

摆海鲜的摊主在寻望顾客
水篮里的蛤蜊在悠闲喷水
螃蟹在焦躁吐泡

天空化为透明的　微微的蓝
膨松着浅色的花朵

恬静　欢愉

那么方才淡墨色的天空
去了哪里了呢

早晨的透过树的光

柔软的绿叶似乎在轻轻流动
它们的身躯漫出兴奋的光辉
小小的尘埃在空中曼舞
就像一个个欢腾的精灵
透过树的光，让它们变成小精灵

草儿舒展着柔韧的身体
似乎在欢呼这样一个明媚的早晨
透过树的光
透过树的光
荡出一圈一圈绯红的晕
将这方小天地变为梦境

奔跑的小 Kitty

小马驹奔跑的声音跟在我身后
哦，原来是小狗 Kitty
它跑过金色星星般的酢浆草
它跑过淡紫色有点傲然的小雏菊
它跑过黄色的亲切的蒲公英
　　　以及白绒绒梦境般的蒲公英种团
它跑过鲜红鲜红的豆豆丛树旁
它又疾踏上一片绿绿的草坪
没有惊动酣唱的虫萤
却惊起一群麻雀
扑棱棱地飞起
哦，Kitty 停下来了，侧耳倾听

老爸的"小耳朵"

"笃笃笃"敲门
门内静悄悄的
"笃笃笃"再敲门
门内的声音渐渐浮现
像小雨"刷刷"落地声音
像小马蹄轻触地的均匀脆响
接着
重重的鼻息靠近门上
细细尖尖的试探声响

"Kitty, Kitty, 是我"
小狗的声音瞬时欢愉，又大胆高涨
尖声扯耳
它"刷刷"的足音去了远处房间
到了那里它大声叫嚷
耳背的老爸迭声答应
慢慢移出来　大门开了
老爸喜滋滋的笑脸
Kitty 的欢喳跳跃
哦　原来
它是老爸的"小耳朵"

月亮升起来了

月亮升起来了
青色的云飘过
树上的小音符点点滴滴

伸向天空的树枝

像舒展的胳膊
逶迤着，伸向天空
凝固成莫可名状的舞蹈动作

不，我们看到的是幻觉
树枝在无休止地旋转、大跳
没有了树叶的羁绊
它们才做真正的自己

麦冬草

金色的光
移到麦冬草惺忪的眼睛上
草儿打了一个颤
继而笑起来
昨夜沉沉的冬日梦还在继续
在梦里，它是一个穿棉衣的孩子
在空旷的大地上奔跑

午后的花儿

鹅黄色的小花朵
微微颤动
是风拂动了它
还是阳光耀动了它
也许都不是
只是鸟鸣　惊动了它

读爱丽诺·法香[*]的童话《格丽赛达》

《格丽赛达》是一条花色繁复的裙子
上面绘着色彩鲜艳的花朵
花朵里藏着一条小路
小路的尽头是一所小房子
房子里住着一位百岁老奶奶
和一位十岁的小姑娘
她俩之间有五言六色的对话
以及光芒闪闪的珠玉笑容

一阵风吹来
花裙子鼓起来了
鼓鼓的　鼓鼓的
老奶奶和小姑娘
欢天喜地走下裙子
来到你我的面前

早上的鸽子

鸽子一圈一圈在天空飞过
它们是在追逐晨曦
还是要将身影
一遍遍印在秋叶上

雪花见

像炫白的
晶莹剔透的玫瑰
在金色的光里
瓣瓣剥离
次第坠落

藕荷色

藕荷色
小荷头顶的一抹颜色
粉里晕着淡淡的紫
藕荷色
母亲喜欢过的颜色
它曾在她手里缠绕
滑落　消散

月白色

像夏天　微雨后的天空
浅蓝　浅蓝

你看　青石板小径上
走过来一个民国姑娘
她和着羞
腮上的红晕
映照着她的
月白色裙装

梦中的小巷尽头

随着表姐
穿过蜿蜒曲折的小巷子
巷子的尽头
有一座小小的桥
踏过小桥
便会看到一个灰色砖墙的院子
院子里面
有一棵安静的枣树
枣树旁的房子里
有圆脸的姨妈
和我的身材瘦小的妈妈

她一脸羞涩的笑
走到结满绿枣子的树下
我茫茫然站着

妈妈看不见我

冬日中午的小湖

金色的芦苇荡旁
隐匿着一个小小的湖
啁啾的鸟声
在盈盈湖上雾一般飘过

暖暖的冬日阳光
像一层透明糖纸
将这一切　轻轻包裹

石榴红

像日头窝一样的红
是火热　开朗
还是静柔　腼腆
也许它都是
它是母亲望见孩子时
心底的颜色

元月的正午阳光

阳光匍匐在你额头上
将你紧皱的眉头熨平
它又调皮地钻到你眼帘内
涂上朱砂颜色
你轻闭眼帘
听到它赤色的呐喊

燃烧起来吧

绛色蓬裙
旋转　旋转

洋桔梗

洋桔梗
开出绉纱裙花朵
暖暖淡淡鹅黄色

女子的脚尖移过来了
缈缈地　缈缈地
绉纱裙将要为伊　旋转

水　井

结满冰的小路

银光闪烁

冷寒又亲近

你得小心地走

才能到达那口水井

井里盈盈的水啊

温暖　柔软

丝绸般荡漾

映出妈妈落满皱纹的面容

水继续动荡

妈妈的面容渐渐晕染

淡

淡

消　散

花与影

花儿寻找自己的影子
阳光给了它
花儿笑了

它要去牵影子的手
可是影子匍匐着
沉入悠长梦境

落雪的小湖

这是一个遗忘在角落的小湖
一片芦苇忠实地挨着它
还有　高高岸边的一棵柳树
垂着长长枝条　偶或为它跳舞

冬天　小湖的一半结冰了
薄薄的　薄薄的一层
另一半鲜润　灵动
像是它闪烁的眼睛

天空落雪了
万万千千的小小棉絮
密密麻麻　重重叠叠奔向小湖
寂寥的湖上织出了雪花飞舞
小湖慌乱地喘息
它等待这个时刻已经太久太久
雪花的晶莹与纯洁
它曾害怕忘记
此刻　它的眼睛蒙上雾气
薄冰下的躯体在微微颤动

雪花亦在喃喃吟语
小湖哦,来了,来了
它们　前仆后继扑入小湖
眼泪　打湿了湖的胸口

这一切的发生无声无息
在一个冬天　一个偏僻的小湖

冬日的水草

冬日的水草站在水边
它在甜甜地照镜子
狭小闪亮的水湾里
摄出它大地般色彩的美丽容颜

演出之后的夜

——宾驰超市[*]的门

在这个寒冷的演出之后的夜晚
我复推开门

那道门四年前的夜晚推开过
那也是个演出之后的夜晚
无穷无尽的大雪
世界是白的
白里透着青色
雪花将世界妆点成
音乐剧背景的颜色

夜色里的雪花
富有耐心地将整个冬天的蕴蓄
一一倾落

孤影单只的我
落在雪夜街上

---

* 宾驰超市：位于青岛市崂山区云岭路，青岛大剧院东门的斜对面。

黑夜吞噬着雪花
雪花吞噬着黑夜

我推开那道门
那道唯一还亮着灯的门
门里卷发下的笑容那么含蓄宁和

今夜是孔雀之冬的演出
我的手冻得生疼
我又看到那个门
想起那个清和的笑容

四年可以发生多少巨变
多少的来来去去

我平静地推开门
又发现了那个面容
稍卷曲的额发
额发下柔和的轮廓
缱绻的笑容

这四年好像没有度过
四年前推开门仿佛是昨天

仿佛是前一刻

时间之门内的她
时间之门外的我
定格在雪夜

阳光照进树林

阳光照进树林
地上的干草酣畅地呼吸
地下的草根闭着眼睛
做着安适又明丽的梦
它们并未念想春天的新生
它们欢喜着的是此刻的冬天

只有冬天
被严寒冰冻过的大地
才能远离尘嚣
完成自由王国之梦

冬日窗外景色

那些伸向天空的树枝
是想去抚摸云朵么
忽而飞来两片厚厚的云朵
云朵里面
忽闪忽闪的眼波

花　锦

夜晚的窗帘没有关上
外面的路灯将窗上绿植身影
印在了卧室墙壁上
织成密匝的花锦
呵,它们随风曼舞
翩若惊鸿
给这个静悄悄的夜晚
上演了一幕热闹舞剧

不是风在晃动你

——致幸福树

不是风在晃动你
不是的　也不是灯光

是这春天的夜晚
它殷勤又欢快地
摇动你
直至你进入梦乡

在梦里　你柔软的臂膀开始生长
叮铃铃　叮铃铃
向着天空
擎出晶亮的珠翠乐章

启　程

——致母亲

雨的脚步很轻很轻
它整夜整夜低低吟唱的歌声
都没能打动到你的心

你没有回头
甚至没有一声叹息
你已经启程

天亮了
草木在绚丽的阳光下
浮动成了青色的海洋

你消隐在了五月的地平线
消隐在了青色的天空

老楸树

楸树里藏着梦吧
就在它的一朵朵小花里
粉白小花
朴素　安静

当你走至树下
小花的香气清清郁郁
笼罩了你
但不束缚你

你的梦境
悸动着
飞到了花里面

楸树老了
它的花朵依然年轻
你的梦呢
依然散发着花朵的香气

向晚的小叶子

伸向天空高高的树枝
擎着无数的小小叶子
小小叶子就像一只只柔柔的眼睛
翕动着　翕动着
渐渐地　它们倦了
在天空向晚的浅灰里
融化掉颜色　沉入甜甜的睡眠

风和月光

今夜
风搭乘月光
翩跹起舞
那银色流转的长长水袖
便是它仪态万方的乐章

树叶的歌唱

碧绿的树叶在街灯下摇曳唱歌
就像山泉一遍遍冲刷着石岸
天上的月牙扇动着眼睫
为这清柔的歌声绘上银色

青色的等待

今夜的海
为你铺就青色绸缎
绸缎荡漾着
你却大睁着双眼
等待母亲　在海上出现
等待她唱起青色的歌谣
等待她摇动你　进入青色梦间

绣球花　海水

夏日阳光
落在了淡紫色绣球花脸上
她不禁微垂眼睫
沉思默想
她矜持　祯静的神态
让近处的青蓝色海水
心驰神往

姐姐的红果子

雨后美丽的红果子
在枝头闪耀
空气里泛着酸甜　丰腴的幽香

那个不会说话的姐姐
穿过静寂的小路
走到累累果子的树旁
她踮起脚尖 摘下大把大把红果子
红宝石一样　闪闪烁烁
她无声地捧它们
给亲爱的妹妹

闪闪烁烁的红果子
载了歌的无尽的　咏叹

秋晨的叶子

一片叶子静静栖在
绿色草地上
金色的早晨的光
穿过叶子清透的脉络
闪出耀目的红光泽

它多么像
绿色天鹅绒上托起的璀璨宝石
为这个秋日早晨
呈上自己的梦想与欢歌

一团扇子

老人在前面散步
后面跟随着
一只狗狗
它的尾巴
就像打开的
一团扇子
颤颤悠悠

它莫名停住了
可它的扇子
依然举着
悠悠颤颤

冬夜走在街上的女孩

暗灰色的
寒气凛凛的街上
飘来一颀长的女孩
她红红的上衣
将夜晚烧亮
她白白的曳地长裙
给暗夜拂来冷雪

她的乌黑长发
像繁盛的大理花朵
在火光和白雪中闪烁

她像风一般从容
她像风一般迅疾
她是这个冬夜
忽然奏起的
春之歌

海鸥 雪花

金橘色的阳光铺洒在大海上
昨夜跳入海水的雪花
终于变成闪闪软软的无涯绸缎

海边灰黑色的礁石上
却有白色的密密点点
它们是不会融化的小雪花

它们，雪白的海鸥
此刻在注视着波纹灼灼的海面

它们欢喜这暖床般的大海
它们想念昨夜跃入海里的
那些像海鸥一样洁白的雪花

白棉花

早上　涨潮了
海水盈盈漾漾
海鸥去了哪里
它们正在蓝白相间的海的丝绸上
怡然轻凫　游荡
像是丝绸上飘出了朵朵　白棉花

枕

树枝枕在淡蓝的天幕上
它的眼眸
含笑凝望大地
大地是它的天穹
淡蓝色的天幕
却是它柔软的床铺

苘 *

傍晚时分
我走过一条小街
某个拐角
忽然闻到一股遥远又近切的清香
这像新鲜的棉花一样柔软的
清香啊
将我裹住
掷我去了远方

那明晃晃的绿果子　毛绒绒的
精美的一圈线条　就像带花边的城堡
咬开它　润白的内心
散发出奇异的呵护清香

可我如今怎么记不起它的名字
急得要哭起来
哦,我迷路了
童年去了何方

---

* 苘:经查证,此种植物名字为苘麻,作者儿时叫它"苘"。

远　方

云朵从海上升起
白色的船儿浮在蓝穹里
银色的海去了远方

母亲啊

母亲啊，你曾惊惧、无望地
等待一扇门开启，开启

母亲啊，你变成红红的
剪纸蝴蝶了吗
躲藏到那小小的画册里
在夜的黑暗里，胆怯地
扇动翅膀

母亲啊，你变成春天的
七七菜*了吗
绿茸茸的叶片上
伸出你柔软的锯齿
刺向我
这时候，我看到淡紫色的绣线般的花朵

潜然开放

---

* 七七菜：学名小蓟，菊科蓟属，又名刺儿菜、野红花、青青菜等。

秋　小湖

幽绿色湖面上
忽地升起
飘渺的雾气
又惊鸿般消失
枫叶的红色
落在湖里

母亲的沉默

沉默
是母亲脸上的月光
温和　婉转
它是夜色里
明明暗暗的音乐

紫檗上的雨珠

紫色小檗上
镶着璀璨的明珠
当你看向它
它会飞向你

雨中香气

槐花的香气
把你的眼泪
染上清甜的气息
织进悠长的雨丝
翩然坠地

灰色的鸟

一只灰色的鸟
扑棱棱地
穿过淡玫色花香

倏然间
它披上了炫彩羽衣

给父亲的诗

你丢失的
都在他的行囊里

父亲离开后的花见

一

半山坡上
浮出粉色的花朵
它们托起的
可是凄清的快乐

二

花丛中掩映着
睡了的父亲
他微微笑着
在梦中

三

灯下的樱花树
结满了寂寞的雪

四

蒲公英金色的花落了
擎出白色的忧伤

五

一朵白云坠地

一棵花倒下

一只小狗久久地凝视

春天的那一头

在土黄色的山坡上
飘着两团绿色
那是两棵树
圆圆的树冠
笼罩了薄纱一般的绿

我瞅着
想到这是春天了
是春天了
眼泪滴下来

我的黑暗里的父亲
再也看不到这颜色了
他看不到
他留在了春天的那一头

给

把梦境
缀上几声鸟鸣
送给
曾站在窗口的老人

把雨声
缠上几片云朵
送给
曾坐着发呆的老人

把花香
添上一对翅膀
送给
曾爱读书写字的老人

把雪花
放在火的杯子里　化为琼液
送给
曾不爱喝酒的老人

把一双女儿的笑容
折叠成一封信
烧给
长眠在黑夜里的老人

看不到云

雨水落在花园里
却没能落到你身上

房间里　你的味道还在
所有的物件都在　墙上的钟
嘀嗒　嘀嗒

你喝水的杯子
你坐过的变了形的灰色沙发
你的那些零食
麻花　饼干
你要读的报
你的枕头　帽子
你的彩色被子
你摁过的台灯

你站立过的窗前
哦,父亲
你到底去了哪里

小狗悄悄藏到床底下
不吭一声
在这里　它也许想到了你
你曾斥过它　也曾赞过它
如今　它也不知道
你去了哪里

雷声还在响　雨的声音变得很低
看不到云　在天上走

搪瓷面盆的花朵

搪瓷面盆的花朵
还是那么夺目
赤红的牡丹　柔黄的牡丹
在盆底鲜艳地绽放
它们游在淡蓝色的背景里
就像呼吸在淡蓝色的湖泊里

湖泊上方　凝神花朵的不再是那位
慈祥、庄重的老人
而是　老人的一双女儿
掬起一捧水　透明的颠簸中
女儿望见了父亲

花朵望见了女儿

捡

月色如华
拂照在山岗上
远方的父亲
可否　捡起了
月光的银色

采　撷

我采撷到了
父亲的悲伤
埋它在土里
长出一棵小树
树叶很轻　绿蒙蒙的
我不敢望它
它扎疼了我的眼睛

一缕月光

静静的山岗上面
一轮银色的未盈之月
把山岗照得半亮

几天后,中秋之夜
有位白发老父亲
不能再和孩子们
品月饼,聊家常

如今的他,已成为中秋月光的一缕
润泽　澹然
等待　照亮山岗

模　仿

有时候　模仿父亲
唤一下我的乳名
父亲站在窗前

小碎花窗帘
悬在那里

报　箱

紫薇花落了
父亲触摸过的报箱
也凋落了
只剩一枚小小的钥匙
秋风中　开启
清泠泠的寂寞

雨中的校园

山上冒着朦胧的雨雾
轰隆雷声伴着瓢泼大雨
校园松树下的蘑菇
在酣畅地吸吮
甘甜的六月雨

还有新的蘑菇
挣扎在厚厚的松针里
正竭尽全力　一跃而出

一只鼠妇虫
溜溜爬到蘑菇下
它满意的是
雨送来的庇护小屋
舒服又含蓄

无言的云

悠蓝的天空
载着澄洁的云朵

它们在黛青的山头上方
绵延到无尽的远乡

无尽的远乡
蔼蔼天穹　淡灰云朵

那里有一朵思念
不知所措地
遥望这边的澄洁云朵

船

绿色的草坪
浮动着
像是夏天的
一艘船

妈妈和女儿
站在船上
她们浅亮的衣衫
就像小心翼翼的帆

没有人知道
浓郁的夏天
会把船儿送向何方

幻

天空很近
我想从窗口
　　　掬一块天空的淡蓝
　　　一片云朵的银白

当我伸出手
天空霎时很远
天空的淡蓝
　　　　化为银白
云朵的银白
化为淡蓝

地上的黄色波点蝴蝶

一只黄色波点蝴蝶
停在校园水泥地上
阳光炙热地耀着它

它折了一只翅膀
一动不动　没有声息
它像一只纸蝴蝶

它美丽的生命
莫名停留在七夕
走过的年轻男男女女
有扫了它一眼的
更多人看不到微小的它

它的巨大灾难
只会在另一只蝴蝶心里
掀起海啸般的摧残

距　离

日出和日落之间
只差一朵微笑的距离

春天和秋天之间
只差一声叹息的距离

生和死之间
只差一颗泪珠的距离

下雨天的非洲茉莉

打开窗户吧
屋内的非洲茉莉
也要倾听外面的倾盆大雨

雷声轰鸣　一声声一迭迭
像用榔头敲打人们的心房
闪电威严地划过
那刺亮的黄白光芒
让非洲茉莉有些张惶

还好，主人
静静瞧着它
看看它琥珀色的琼汁
冲它微微笑
自从春天剪枝后
茉莉蹿得多么旺
翠绿叶子一片接一片
打着卷　生长
连琥珀色的琼液
也开始雀跃

这个上午,天空昏暗
雷雨滂沱
非洲茉莉
愿意静静沐浴着
主人的安宁与慈和
和她　一起
张望外面的世界

它是一个人
她是一棵树

秋日早晨之小湖

树木氤氲着薄薄的雾
阳光一缕一缕从叶间析出
油绿的湖面
一半在树的浓郁影子里
一半在晨的清柔光晕里

芦苇们头顶着软软的花朵
那里探出鸟的翅膀
扇动又隐匿

小湖，游动在
刚醒来的万物的梦境里

阳光摇

雨从西边下
斜斜织向东方
彩色琉璃香
山坳草木翠
阳光摇
雨
　　渐
　　　消

玉　米

在梦中
我变成了玉米地中的　一瓣玉米
长出棕红色的软软头发
我的眼睛
藏在棕红色头发里

这时候，来了
皱紧眉头的母亲
她手里捏着一个玻璃瓶
穿梭在密热的玉米林中
她帮玉米捉虫子
把虫子投到瓶中
她走到我面前
我的心怦怦直跳
她严肃又慈祥的眼神
只轻扫了我一眼
便又向前行
我大喊　母亲
声音是一个静寂
棕红色头发后面
只一双别人看不到的

我的惊慌失措的眼睛

她瘦小　温柔的身影
眼看就要消失
我嘤嘤哭泣
这时候　忽然惊雷响起
她望望天空　黯然回头
我大喊　母亲
没有人能听到一瓣玉米的声音

她簌簌走回来　忽然看了我
眼睛里流出笑眯眯的光波
她伸出手来
抚了一下我的棕红色头发
我的眼泪吧嗒吧嗒掉下

蒲公英梦幻

圆圆的
绒绒的
白色梦幻
栖在柔绿色的草叶间

当你投过轻轻一瞥
它们浮出恬静的笑靥
转瞬间
它们皱起眉心

它们期待　也在害怕
一个飞翔

月　夜

她赤着脚
走过空旷的夜
月色如银霜
她的眼眸浸在阴影里

她的红的裙
在窸窣里闪亮

关于喜鹊

一

清晨
一只花喜鹊
在草地上　漫步
啄食阳光

二

喜鹊喳喳鸣唱
歌声洒满一地
树影荡漾
溅起阵阵水花

三

绿草地上
几只觅食的喜鹊
忽地一只平飞起
开出黑白色的　花朵

四

明黄与苍绿之间

一只花喜鹊
回眸
呼唤秋歌

五

花朵在云上
云在湖的眼睛里
喜鹊飞向湖

雨中淡黄色的花

在迷蒙的微雨中
你看到一个
娇美　丰盈的面容
哦，它可能是
一朵花
一朵沉浸在　绵柔雨丝中
散发着　清幽香气
淡黄色的月季花

它的香气朦胧幽秘
仿佛　今天的微雨
为它织了一层轻纱

玛瑙手镯

橙红色的玛瑙手镯
像是刚开放的玫瑰
将这个暴风雨后的静寂之夜
映得绰约　袅娜

一道霞光在它前面出现
它慢慢旋转
"玫瑰，漂亮的玫瑰"
许多歆羡和赞美

当它一回神
发现自己　还是一个人手腕上的
凉盈盈的橙红色手镯

似乎什么都没发生
但在一瞬间里
它已拥有了玫瑰花的魂魄

秋日短歌行

一

一只小小蜜蜂
一遍　一遍
飞向秋天的金色蒲公英

二

鸟儿衔着云朵
飞过
一双眼睛
凄然泪落

三

粉豆花睡了
小葫芦密匝匝地
悬在叶影中
只有紫薇花
骄冉冉　绽放

四

秋日的阳光

给绿色、淡黄色、紫色的树叶
织上迷澄澄金纱
树叶间　耀出
瑰丽美妙之光波

五
九月的最后一天
淡紫色的小蝴蝶
在草地上翩飞
它们的身影
像紫色小星星的歌

六
攀爬的麒麟云
缘着灰色的天梯
靠近嫩黄色的月亮

木　头

小小的池塘里
浮着一截木头
它在水面轻轻漂
水动荡时　它也悠悠荡

那个小小的女孩
定定地望它
木头胖硕　陈褐色
在水里轻盈　自若

它为什么漂在这里
它漂在这里为什么

她几次来到这里
时光没有沙漏
她听不到阳光飞跑的声音
她也看不到大人脸上的金色
月亮和星星
还在洞穴

小小的她　站在池塘边
那截陈褐色木头　在闪烁

玫　瑰

博尔赫斯*的一朵玫瑰
开在东方
古代中国
从庄子手里逸出
沿着时间之河
游至 21 世纪
浑浊的一条河前

玫瑰倏然转身　从容回游
它所有的红色　纷纷剥落
只剩透明的月光色

月光色玫瑰
跳出时间之河
去捕捉
一只红色蝴蝶

---

* 博尔赫斯：阿根廷诗人、小说家、散文家及翻译家，少年时代在日内
　瓦上中学时就读过《庄子》。

晨

晨曦在黑色中醒来
大地上
涌来远方的声息
沉静的　责怪的　牵念的　欢喜的
裹晨曦的浴衣
白色的　灰色的　蓝色的　红色的
颤抖着　闪闪地　跳跃

有一个早起的人看到了这一切
看到它们的还有
轻捷的鸟儿　溜溜的鼠妇虫
打湿翅膀的蝴蝶
地底下的先人
和　墨绿色的藓衣

小池塘

莲叶浮池塘
一只蜜蜂　盘旋　盘旋
飞在莲叶上
它低头吸水
水面翠色长

校园桂花

橙色珍珠般的光亮
在枝叶里悠扬

橙色仙子般的幽香
在剔透的秋风里
蜿蜒着　流淌

橙色的小巷
像一幅卷轴
从秋空下渺渺生长

许多人儿
漫游进小巷
坠入了
桂花的橙色梦乡

冬天里的诗歌

诗歌，从雪花中走来
翠绿的叶
莹红的花

诗歌，从冷风中走来
柔黑的眼眸
香色的头发

诗歌，从寒夜中走来
金色的星
在墨色大地上说话

一朵花

在淡淡的蓝色里
一朵花儿悄然开放
它的花瓣　噙着香气
清鲜又闪烁
就像澄澈的眼睛
映着云朵　山川　湖泊

花流影篇

（1992—1994）

妈妈的歌

当冬天拨响第一根雪的弦,妈妈,我就想起了您。

我就想起了您,妈妈,您是我寒冷季节里雪的歌,你以纯洁、恬润的旋律,轻轻呵护住了我心中胆怯的春天的梦。

妈妈,如果没有您,我真不知这个冬天该怎么过。

当春天的眼睫刚开始翕动,妈妈,我又想起了您。我又想起了您,妈妈,您是我这个时节的天真的渴盼的眼睛,帮助我,一一地,一一地,觅啜了整个春天的清芳与温和。

妈妈,如果没有您,我又怎么能看得见这梦中的季节?

当我忍不住要流泪,妈妈,我看见你在远方默默地、默默地抬起了寻望的眼睛。

妈妈,我竟不敢,不敢流泪。

当我一个人不知不觉笑了起来,妈妈,我就知道那是你在远方微笑着、微笑着,把我悄悄来凝望。

哦,妈妈,我却忍不住、忍不住流下了泪。

姐姐花

那个女孩又在看云了。

一个大一点的女孩走了过来:"小妹妹,又在想家了?你脸上写着寂寞。我猜,你不会有姐妹的。如果你愿意,让我做你的姐姐吧!"

小女孩的脸红了,有些慌乱般,迟迟却又忽忽地点头。

回到宿舍,女孩哭了。

女孩是有姐姐的,但不会说话。小时候,女孩很爱姐姐的,常与姐姐拉着手,看花,看天上的飞鸟。可是等到女孩觉得自己逐渐懂一点儿事时,她却不愿想到自己的姐姐了。

一个不会说话的姐姐,与没有是没什么两样的,而且,给自己平添上一抹伤悲。

待到远方来求学,当同学们偶尔谈起兄妹时,她总红着脸支吾过去,不多说一句。

小女孩觉得自己真可怜,于是觉得寂寞了。

可是小女孩也记得自己放假回家时,姐姐从远处奔来,怔怔地望着她,塞给她热热的鸡蛋。

姐姐怔怔地望着她。

想着这些,女孩忽然有疼的寒战掠过全身。

晚上,女孩做梦了,梦见一朵花,柔柔的洁,柔柔的白,还会飞呢。花一直贴在她胸前,怎么也不肯离开,而且,有异常的香,还引来好多蝴蝶呢。

小女孩快乐地跑来跑去,唱着歌。许多的男孩女孩羡慕地看着她。女孩醒来了,泪几乎浸透了枕头,她闻到了那异常的香。

女孩一下子记起,那朵花叫姐姐花。

当女孩告诉我她的这个故事时,她问:"你可否见过姐姐花? 你闻到过它的馨香么?"

我笑了,反问一句:"你说的,可是一种静默的馨香?"

不好看的叶子

一个女孩在爱抚着一片小叶子。

小叶子有些枯黄,边缘被虫子咬过,残缺了。

另一个女孩来了,奇怪地问:"这么不好看的叶子,你怎么喜欢它?树上有多少美丽的叶子呀!"

女孩想了想,回答:"是它轻轻飞到我身上的,它对我倾注了感情,它便是极好看的叶子。"

说着,女孩又快乐地盯着小叶子了。

花儿的闺房

有一个女孩走在雪野里。

女孩流泪了。

一滴,一滴——泪珠跳进了雪里。

没有人知道,这是女孩在播种春天——每一滴泪珠的栖所,都是一朵花儿的闺房。

月亮花

　　我看见一朵月亮花，不很大，也不耀眼，但微微开启的瓣儿轻漾着清清的芬芳，是有着月亮一般的清清的芬芳……

　　这小小的皎洁的花儿，却是孤零零地开在一个冷清的角落。

　　"可怜的月亮花，你可否孤独、寒冷？"我俯下身，我的泪已在悄悄地落。

　　"我情愿是孤独的，只要我柔和的芳辉能吻洒于你的身上……我情愿是孤独的……"

灯

朋友的眼睛，是夜路上的一盏盏灯，它照耀我，温暖我，却不能长久地留驻我。

……我到底在期求什么？我到底要去向哪里？路是无尽头的，我到底要去向哪里呵？

走过一盏盏灯，积起一缕缕的温暖，却不敢回首，知道那又是一缕缕的苍凉了。再温暖的景界，回首的刹那，也只剩苍凉了。

但又怎能不回首呢？

于是便不得不消受那缕缕的苍凉。

走过一盏盏灯，我终在某一刻也化为一盏灯。这是一个再也明白不过的结局。

只是，我执意要留下盏美丽的灯，留下盏永不散发苍凉的灯。

这，便是我现在的苍凉，是我要的，只属于我现在的苍凉。

风雨送友人

——谨以此文献给我们的冰雪友谊

真想再谱一曲《高山流水》，但我不能，而且，我也晓得，这个世上有许多东西便是用《高山流水》也难尽其意的。

风声雨声淋在我的窗前，我静默地看着。友人，这次我的心里只燃感奋温暖之火，不复有从前雨中的灰暗……

这时候，我看见几只小鸟在窗外的电线杆上雀跃，汇成了流动的五线谱，但霎那间，又啼叫着，飞去了——友人，我却仍感由衷地欣悦，仅为它们短暂的相逢，又一起奏响美的谐音，还有比这更动人的么？我从来都相信，来到这个世上，相逢相携，都是为了创造一份美好，世界为了美而存在，也没有谁能够抗拒美。

雨渐稀了，我看见一老人蹒跚着经过窗前，友人，我的心里掠过黄昏的阴影。我是害怕这种衰老的样子的——眼眸的气息是那般的弱，但我亦能想得出另一种老的风景——那是高昂翩然如白鹤的，那是流韵坦笑如白云的，那是寒清晶莹如白雪的……一样的"白发"，映衬出的却是生命的伟岸、高洁与静远。我自然是喜欢这后一种的风景，不自觉中，我也在静然地期待着……你笑了么，友人？我知道，这也本是你所想的。

友人，你曾告诉我，以后，我若出一本诗集，你定会为它配上画的,还要在封面上题上"细雨"——是的,你的国画是那样出色。你还说,今后,你要努力,我也要努力。说这些的时候,你的眼眸中忽闪着阳光般的色彩,而生命,是不能缺乏阳光的呵!

可是,有谁知道,我们仅是金风玉露般的相逢,即刻,你要挥别校园,也要挥别我……

风雨声中,我静静地为你弹响送别之曲:我的友人,我会为你燃起长明的生命之烛,即便从此永远地相隔千里遥然……我想你也会的,或许,我们会互辉互映一生。

生命里不能没有雨天,雨天里不能没有希望。

小溪，缓缓从心中流过

我又看见那条小溪了……

那条清清的、浅浅的小溪，那么轻曼，那么纤柔，有阳光照在上面了，随着细细的水纹一闪一闪，碎成了金片……呵，里面有摇头摆尾的小鱼，正吹着水泡泡呢，还有彩色的鹅卵石……

缓缓地，缓缓地，它从我心中流过了……

而我，在岸上，慢慢走着，轻轻哼着歌，小鸟栖到了我的肩上，小鹿瞪着纯洁的眼睛随着我……

忽然，我看到了一抹绿色，从远处，向我飘过来了。是绿色的春姑娘——她脸上荡着世界上最动人的微笑，轻轻地，向我扫了一眼。那一眼，在我脸上留下了温柔的光辉。然后，她又轻轻飞走了……

——"她要去播撒绿色的种子……"从淡蓝色的高穹里，传来了这样一声……

我驻了，小鸟也驻了，小鹿也驻了，我们一同凝望着春姑娘的背影，直到消失在那蓝色的天边。

霎时，我梦幻的心扉开启了，从中，跳出了绿色的语言，它飞上了天：

我愿化为一抹绿

悄悄隐入这世间

当你发现春天到来的时候

你不要惊讶呵，朋友
那是小小的我
小小的我呵
我愿
悄悄为你带来春天

雪　晨

别言声，女孩，因遇见了你的双眸，听到了你的声音，我便忆起了那个雪的早晨。

下雪了。

操场上白白的一片，白白的一片。

我驻立，白蒙蒙的雾气缭绕在我身旁。

当我悄然走近那个女孩——噢，她在专心地横移着脚，是在用脚做画呢，在这白的雪地中。

"美吗？"她抬起了眼，一个女孩优美的轮廓，一个女孩明亮的眉。青青的运动衫丝毫掩不住她的秀韵，清清凉凉的声音，好像正是白雪赐予的。

"美"，我说，"你画的是什么呀？"

"一个小姑娘"，她快快乐乐的声音，"现在，我正在给她梳小辫呢。"

"小姑娘嘴巴太大了，还有，怎么没有脖子呀？"我仔细端详雪上的画。

我便也横移着脚，给小姑娘画上一个长长的、细细的脖子。

"这样的脖子好看，是吗？"

"嘻嘻。"她笑了。

她好像开启了我心灵的一隅。

刚才，我由跑道跨入雪地时，说："雪真好，可惜让我弄坏了。"

她说："怎么能说你给弄坏了呢？要不，太阳出来，也会化的。"

噢，我明白了，她是想赶在太阳出来之前给大地留一幅雪的画。

那么，我也要画呵。

雪的画，留在地上，会很美的。

我画了小姑娘，我画了花儿、叶子，我还写上"青春美丽""你好"……

然后，我站在白白的操场上，静静站着，好像什么也不想。

有几个跑步的男孩缓缓滑过我的视线。

这是雪的晨的画。

女孩，因遇见了你的双眸，听到了你的声音，我便忆起了这个雪的早晨，我便想把这幅画送给你。你可喜欢？

给豆豆(一)

"姐姐,我看见天上的星星掉下来了,一颗,一颗,又一颗。"是小豆豆清清嫩嫩的声音。

"是么?"我没有抬头,不一定非要抬头呵。

"姐,你哭了?"小豆豆悄悄来到了我身前。

"没有哭啊",我笑了,"眼睛里的这些泪是想让你照镜子的,快看看,是不是有你?"

"噢,姐 —— 我不看!泪太多了!你擦去嘛!擦去嘛!"

我又笑了,真想亲吻一下小豆豆洁柔的小脸,真想亲吻一下他乌黑的长睫毛,可是泪太多了呵。

……

"姐,我要到外面去!"

"冬天呵,外面很冷。"

"我不怕。"

……我牵着小豆豆的手,走出去了,走到那片寂寞的花园里。

"姐,花儿!花儿!"

小豆豆挣脱了我的手,蹦跳出去了。

哦,有几丛花儿,黄亮的花儿,簇拥在那个地方。

豆豆蹲下去了,他竟褪了棉手套。

用手触触花儿,又向花儿哈热气。

"姐姐，它们真可怜。"豆豆抬起苍白的脸。

"可怜么？"

"它们不怕冷么？"豆豆似乎皱起了眉头。

"它们不怕冷么？"我也悄悄地问自己，但我想，它们是不愿意等到春天（开放）了。

我俯下身，想和小豆豆一块儿，仔细看那些花，可是怎么也看不清，怎么也看不清。

没有过完这个冬天，小豆豆就走了，永远地走了。

然后，我又走进那个寂寞的花园，忽然看见一些黄亮黄亮的星星，在闪烁，闪烁，闪烁——花儿！

"姐，我看见天上的星星掉下来了，一颗，一颗，又一颗。"

可是豆豆，直到今天，姐姐才看见你的星星。

给豆豆(二)

豆豆,我要告诉你,夜已经深了,深了。

房内是黑的,房外也是黑的,尽管天上栖有月牙,但那月牙是太瘦太倦了呵。

这不要紧,豆豆,我想起了一片闪着蓝光的海,我想起了一座座相依的青山,我想起了晴空下成排飞着的雁,我还想起了大草原花丛中的一只白兔……

但是忽然间,你把它们从我眼前拿走了,豆豆。

可是我已看不见你很久了,清澄的一切也看不见你很久了,你怎么悄悄地来了呢?

你的眼睛萌着浅亮的善柔,你的额上羞涩着一缕薄薄的发丝。是这样的,豆豆,你一直是这样悄望着我,悄望着这世界的。只是,从前有一天,你很突然地走了。

可是,今晚,你怎么悄悄地来了,又把我眼前清澄的一切悄悄拿走了呵?

你明明知道,房内是黑的,房外也是黑的。

尽管天上栖有月牙,但那月牙是太瘦太倦了呵。

豆豆,我要告诉你,夜已经深了,深了。

给豆豆(三)

豆豆,我看见你流泪的眼睛了。我知道的,你是看见了我怀中的白鸽——是我们的白鸽呢,它折断了翅膀。

对的,它是我们从前一块儿喂养的鸽子,它披着纯白的羽衣,你捧着它时,常爱痴痴地入神,然后会转眸凝望我,纯白的柔馨便弥漫了我们的空间。

"姐姐,鸽子的眼睛像你。"

"是么?"我却是低着头,从你怀中接过鸽子,抚着它的白羽。

鸽子望着我,我望着鸽子。

然而,你竟要走了,你竟决意要走了,豆豆。你微弱的目光围起了我,却依旧痴痴的。

"你的眼睛像鸽子,姐姐。"

我坐在你的窗前,鸽子偎在我的怀里。

鸽子望着你,也望着我。

"姐姐,我喜欢鸽子。"你似乎笑了,热热的目光抚摸了我。

你却没有一点力气抚摸鸽子了。

然后,豆豆,你就走了,把我,还有我们的白鸽,留在了一个静寞的季节里。

我便天天看鸽子,看我们的鸽子,我们的纯白的鸽子。

可是良驯的鸽子不听话了,它竟悄悄飞了出去,今日倦归时，已受伤，血的红的花开在它纯白的翅膀上。

它颤抖在了我的怀里。

这时候，豆豆，我看见你流泪了。豆豆，你流泪了。

给豆豆（四）

豆豆，你知道么，有一天黄昏回家的时候，在门前，我看到了一束花。这花是红的，很红很红。

真怪呀，在这个庄园里，我本是唯一的花女，叫得上千种万种花的名字，却从没见到过这种花。

它红得这样热烈，奇异得热烈，我甚至不敢去碰，是怕烧了我。

是谁放在这儿的？是谁知道我喜欢红的花？我从来没有告诉过谁呀。我总说我喜欢白的，我穿的是白裙，在花园里，我停驻最长久的，还是在白的花前——对于那千姿的红花，我总是轻瞥一眼，默笑着走过去。谁也不知道我在心里深爱红花，谁也不知道——我曾在无数个夜里爬起来，借着月色，坐在红的花前。

豆豆，就连你我也没有告诉呀，虽然你天天陪我在花园里忙碌。

你要走的时候，我也没告诉，我只是拿了一枝白的花蕾送到你眼前。

"姐姐，你伤了它，你从来不掐花的。"你惊讶地瞪起了柔润的眼睛，它似在疼着。

我低下头，没有说什么，只是把花蕾插到花瓶里去了。

这枝白的花蕾还在挺着，你就走了，豆豆。

我便常望天边的红霞，朝的红霞，晚的红霞；我也去看红花,痴痴地,一晚上。我的眼睛已经绚迷了,绚迷了。

白日里,我还默笑着,瞥着红花。我说我喜欢白的花,我还故意地拖曳着白纱裙,头上系上白的花饰。

我的心里却死了一般地喊着红花,红花,不肯松一下口,松一下。

又有谁知道我爱红花呢?

可是,这个黄昏,是谁给我送来了一束奇异的花?

我忽然看到了花心中几颗透明的露珠,啊,不是露珠,是一个人的泪,我认出来了——天地中唯一的……

豆豆,我或许早该知道的,花瓣上展着的,是你的泪,豆豆的泪。

给豆豆（五）

豆豆，我惊怕地明晓了人们对我的奇异的目光，豆豆，我的头上竟满是白发，我的脸上——啊，我不敢说了，我是捂着脸把镜子反过来，整整地抽泣了一夜。

豆豆，我不明白的，我昨日还是一个女孩，还是一个青春的女孩，今朝，是谁，把我变成了这个样子……

豆豆，你在我看不到的世界里，你不能再用你润和的目光抚慰我。

我泣过白日，又泣过夜晚，但是，又一个黎明，我看见一件红衫飞了来，红衫上还生着一朵红花。就在一刹那，我看见你的笑了，豆豆。

我穿上红衫，觉得浑身轻盈，浑身清香——而且，我看见你了，豆豆。你的星星般的微笑，你的雪花般的微笑。豆豆，我只看见你了。

我走出了家门，慢慢地，从容地，我竟忘记我的面容已苍老憔悴，我竟忘记我已不适于这件红衫。

我只看见你呀，豆豆。我想随你去呀，豆豆。你在我看不见的天界里，只留下一个我。这个世界不认识我，不认识我的。

人群，庄园慢慢地甩到后面了，我来到一蓝的湖泊前，无意的一瞥中，看见了水中一奇美的红衣女子……

豆豆，是我，这奇美的红衣女子竟是我！

我仰起了脸,豆豆,我真的看见你了,你正站在白云里,微笑着,哀然地微笑着说:"姐姐,把衣襟上的红花戴到你的黑发上吧,姐姐,红的花是我的心,姐姐。"

　　豆豆,你没有了,只有白云……

　　可是,豆豆,你该知道,我宁肯不要年轻美丽,我也要随你去呀。

　　这个世界,除了你,又有谁会认得我?

叶子的故事

我在落雨的窗前。

一片叶子飞到了桌前，绿的叶子，上面颤着透明的雨滴——也许是泪滴？

我有些痴然得呆了，我听见了一个故事——

一片叶子在旅行，它飞过了无数的田野、高山，它穿过阳光、流云……

它的心漫美着——它只知道这世上有一个简单的"飞"字！

可是有一天，在它经过一狭僻的山谷时，看到一疲累的少年正微蹙眉头凝望它，此刻，夕阳渐红，天穹欲灰——叶子感到了目光的惆怅，也忽然觉得了心的沉痛……

在它一失神时，栽落到了少年的怀中。

在温热的脉搏里，叶子忽然感到了另一种美的颤音……自此，它随了少年——这个有着阳光一般的心的少年，跋涉过无数的苍山野岭……累……苦……少年一声不吭，似乎一直在寻觅着什么。

"洁……"直到这么一天，在暮天的山峰上，一座洁白似玉的墓碑前，少年喊了一声，便倒了下去……再也没有醒来。

叶子哭碎了肝肠，它再也没有了快乐，一丝快乐也没有了，它跌跌撞撞地飞呀，飞呀，飞到了这儿时，感觉到了我窗户的温暖……

它哭诉完了这个故事，我揽它在怀里，我想供它一永栖之地。

朋友,你可晓得

　　一个晚上,朋友对我说:你仿佛是那小小的花儿,在散发着自己淡淡的清香。

　　也许,亲爱的朋友,就让这"也许"成立;

　　你的赞美使我感到幸福与荣幸;

　　只是,我还有更深的不安、愧疚。

　　你可晓得,你可晓得,我的心有时笼罩着浓浓的阴云,它使你感到冷与迷惑,还会让你气恼……

　　朋友,这一切你可曾感到?

　　我不想纵容自己,我更渴求你们,照管我——因为呵,我竟不能好好看管自己。

　　但我,仍然想,在一天天后,我能消除掉这些污斑,让我的心穹,就像那湛蓝的天空。

　　朋友啊,让我们一起,成为快乐、善良的天使;

　　让我们的心,永远荡漾着雪花的纯洁;

　　可以吗,我的朋友?

　　晓得我对世界的渴求么? 也就是对你的渴求,对我的渴求——愿我们,日益青春,日益美丽——像那月季,无论温暖的春,还是萧冷的秋,都能给予世界一抹明妍的美好。

后　记

　　几年前,在翻阅一本薄薄诗集的时候,我看到了这首诗歌:

　　　　白月光菊向飞蛾绽开花瓣,
　　　　薄雾从海面上慢慢地爬来,
　　　　一只白色的鸟——羽毛似雪的枭
　　　　从白桦树枝梢上悄悄飞下。

　　这首诗歌的意象让我着迷,一连读了好几遍,也参不透作者在如何的思想驾驭下才能写下如此看似简单又充满迷离的诗句。

　　这首诗歌的名字叫《歌》,作者为 T. S. 艾略特。他是英国诗人、剧作家和文学批评家,在 1948 年获得诺贝尔文学奖。

　　美好的诗句让我着迷,我亦无意识地,偶或在本子上记录几句,表达着内心的些微情感。这样零零散散地写了一些,偶或翻看一下。

　　今年年初,家里发生变故,父亲永远地离开了我。

　　心绪极其混乱、悲痛、空虚的时候,我打开了旧日的日记小纸箱,那里储存着我中学时代至大学时代的日记,还有一册在大学里的作品集——从日记本上选的觉得还不错的作品,蘸着蓝色钢笔水一笔一划誊下来的。作品集里面竟有一些诗歌,我完全忘记了自己在大学时代还写过诗歌!

跨越几十年的光阴,犹能感觉到这蓝色笔迹下的心跳,它们是有生命的,尽管稚拙,尽管尘封多年。

　　它们,可以住到一本诗集里。

　　所以,我从大学时代创作的诗歌里选了一部分集结为溪流青篇;将近几年书写的一部分诗歌集结为云流彩篇;还有几篇大学时代的散文诗集结为花流影篇。这三个篇章组合成了我的第一本诗集《一瓣微笑》。

　　在此,特别感谢青岛著名诗人邵竹君老师对我诗歌的认可,并无私地给予我许多指点。邵老师的知遇之恩,永远难忘。

　　感谢青岛科技大学传媒学院庄莹老师对诗歌文稿提出中肯的修正建议。感谢青岛科技大学艺术学院曲国先副院长和杨利老师对我的支持。感谢徐凯和武晨两位硕士研究生反复斟酌几易其稿,帮我设计诗集封面。

　　感谢中国海洋大学出版社孙宇菲老师,作为本书的责任编辑,秉持着专业态度和高度敬业精神,对作品从排版、编校到校对等方面付出了很多心血;孙老师对文稿细致入微的反复琢磨以求文字表达的臻于完美,让我深受感动且从中获益匪浅! 还要感谢复审王晓老师,终审孟显丽老师对文稿字斟句酌地审阅,并提出许多细致且宝贵的修改意见。

　　感谢我所有的师长,亲爱的朋友们 —— 朱瑞娟、汪鑫圭、赵洪卫、贾鲁云等,从诗集的萌芽到最后定稿,你们给予我许多支持和鼓励,没有你们的帮助,这本诗集难以成就……

感谢我的家人,在我做喜欢的事情的时候,给予默默的支持和包容……

T. S.艾略特的诗仍是我的目标,尽管那么遥远,但它们就像雾里为我指明方向的灯……

爱呵,你手中捧着的花朵
　　比海面上的薄雾更洁白,
难道你没有更鲜艳的热带花朵——
　　紫色的生命,给我吗?

赵晓芳
2021 年秋于青岛